Analyse de l'œuvre

Par Anne Crochet et Alice Rasson

La mort est mon métier

de Robert Merle

Rendez-vous sur lepetitlitteraire.fr et découvrez :

Plus de 1200 analyses
Claires et synthétiques
Téléchargeables en 30 secondes
À imprimer chez soi

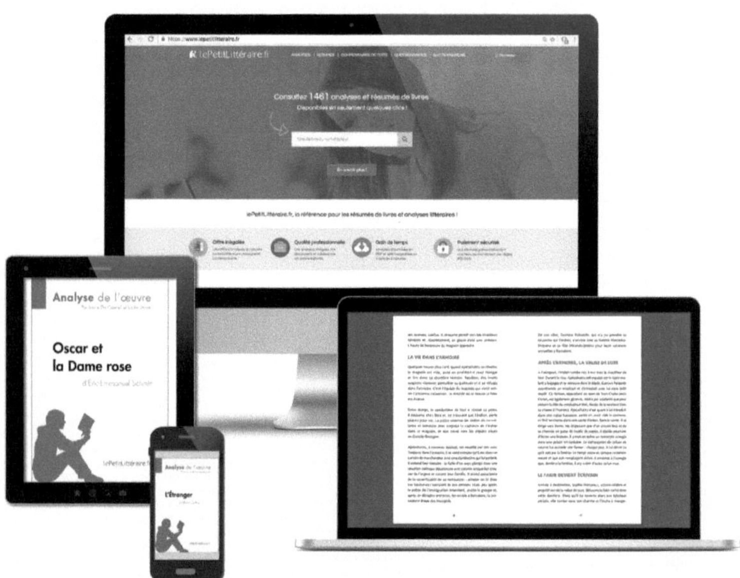

ROBERT MERLE

ÉCRIVAIN FRANÇAIS

- **Né en 1908 à Tébessa (Algérie)**
- **Décédé en 2004 à Grosrouvre (France)**
- **Quelques-unes de ses œuvres :**
  - *Week-end à Zuydcoote* (1949), roman
  - *La mort est mon métier* (1952), roman
  - *Fortune de France* (1978-2003), roman

Écrivain français né en Algérie, Robert Merle arrive en France en 1918. Agrégé en lettres anglaises, il enseigne dans divers collèges et effectue des traductions pour Gallimard jusqu'en 1939, date à laquelle il est mobilisé et devient traducteur pour les forces anglaises basées à Dunkerque. Il est fait prisonnier en Allemagne jusqu'en 1943 et, à son retour en France, il écrit son premier roman, *Week-end à Zuuydcoote*, témoignage de la débâcle de Dunkerque.

Si l'œuvre de Robert Merle est aussi riche que diversifiée (récits-reportages, pièces de théâtre, essais, romans d'anticipation, etc.), l'auteur est surtout connu pour ses romans historiques : entre 1978 et 2003, il publie les treize volumes de *Fortune de France*, une fresque relatant les guerres de religion, pour laquelle il recevra le prix Jean Giono en 2003. Il meurt en 2004.

LA MORT EST MON MÉTIER

DANS LA PEAU D'UN SS

- **Genre :** roman
- **Édition de référence :** *La mort est mon métier*, Paris, Gallimard, 1952, 380 p.
- **1ʳᵉ édition :** 1952
- **Thématiques :** Seconde Guerre mondiale, nazisme, camp de concentration, devoir, procès de Nuremberg, déshumanisation, mémoire

La mort est mon métier, roman historique publié en 1952, appartient à la littérature concentrationnaire. L'œuvre raconte comment le régime nazi a pu mettre sur pied les camps de concentration d'Auschwitz et de Birkenau.

La première partie du récit est une biographie romancée de Rudolf Höss (1900-1947), commandant du camp d'Auschwitz dans les années quarante. À partir des notes du psychologue américain G. M. Gilbert (1911-1977), qui a interrogé Höss en prison, Robert Merle a construit le personnage de Rudolf Lang et a imaginé ce qu'aurait pu être sa vie. La seconde partie du roman est consacrée à l'aspect logistique de la conception et de la construction des camps de concentration. Pour cela, Robert Merle s'est appuyé sur les comptes rendus du procès de Nuremberg (1945-1946).

RÉSUMÉ

LE PARCOURS D'UN TUEUR

En 1913, Rudolf Lang est un adolescent allemand âgé de 14 ans. Il a été élevé selon les valeurs chrétiennes. Son père, craint de toute la famille, veut que son fils, pour réparer une faute adultère qu'il a lui-même commise par le passé, se consacre à la Vierge, alors que Rudolf veut devenir officier dans l'armée, comme son grand-père. L'éducation qu'il a reçue lui a inculqué le sens du devoir, le respect et la sou-mission à l'autorité.

Un jour, le jeune garçon se dispute avec un camarade et lui casse involontairement une jambe. Pris de panique, il se confesse auprès du père Thaler. Lorsque son père apprend la nouvelle et le punit sévèrement, il perd la foi, croyant que le prêtre a trahi le secret de la confession et l'a dénoncé.

En 1914, après la mort de son père, Rudolf essaie à deux reprises de se faire engager au front, mais, trop jeune, il est renvoyé chez lui. Il est finalement accepté quelques années plus tard et est incorporé dans l'infirmerie militaire. Là, il rencontre le Rittmeister Günther, le capitaine des dragons, qui le prend en affection. Sous son influence, Rudolf aban-donne peu à peu les anciennes traditions familiales liées à l'Église et décide de se consacrer pleinement au salut de l'Allemagne. Il décide alors de changer son état civil et de se déclarer « croyant en Dieu, en dehors de toute confession » (p. 166). Il réussit à être détaché en Irak avec le régiment des dragons : il est chargé de combattre les Anglais et d'aider les Turcs à maitriser les opposants arabes. Au fil de ses missions, Rudolf se rend compte des implications de son devoir, mais ne s'y dérobe pas. À la mort de Günther, les dragons rentrent en Allemagne et y apprennent que leur pays a capitulé.

Rudolf, démobilisé et devenu chômeur, retourne chez lui. Sa mère est morte et ses sœurs lui paraissent étrangères. Il quitte sa famille pour rejoindre Schräder, un ancien dragon. Grâce à lui, il trouve du travail dans une usine. Cependant, en raison de l'attitude non solidaire de Lang vis-à-vis des autres ouvriers, les deux amis sont renvoyés. Ils sont ensuite engagés dans les corps francs sur la frontière ouest. Peu après leur arrivée, ils rejoignent les corps francs de l'Est, alors considérés comme des rebelles par la République allemande. Après la mort de Schräder et la dissolution de l'escouade, Rudolf est à nouveau démobilisé.

L'INTÉGRATION
AU PARTI NATIONAL-SOCIALISTE

Installé à M. depuis quelque temps, Rudolf a trouvé du travail sur un chantier. Épuisé, affamé, pauvre et convaincu que l'Allemagne ne vaut plus rien, il décide de se suicider. Un collègue l'en empêche et le met en contact avec le parti national-socialiste, qui œuvre pour le redressement du pays. Chargé par le parti d'exécuter un opposant, Rudolf est arrêté et condamné à dix ans de prison à Dachau ; il n'en fera que cinq.

À sa sortie de prison, Rudolf est envoyé en Poméranie par

le parti. Il entre au service du baron von Jeseritz comme palefrenier. Le noble lui demande de restaurer une vieille ferme dans un marais et, après lui avoir trouvé une femme, Elsie, il les y installe. Poussé par ce dernier, Rudolf intègre le Bund der Artamen, un parti qui défend la race et le sol allemands, et en devient le secrétaire. Il rencontre Himmler (homme politique allemand, 1900-1945), qui lui ordonne de repérer et de former des miliciens qui deviendront par la suite des SS. En 1932, le parti s'installe au pouvoir, et Rudolf est nommé sous-officier chez les SS.

Très vite, on lui propose de gérer l'administration du camp de concentration de Dachau. Il hésite, puis accepte pour rendre service au parti et par souci du devoir. Lorsque la guerre éclate, il veut partir au front, mais sa demande est refusée : il est plus utile dans les rouages de l'administration que sur le terrain. Il est ainsi nommé officier et désigné pour concevoir et construire les camps de concentration d'Auschwitz (pour la population juive) et de Birkenau (pour les prisonniers de guerre). En 1941, soit quelques mois après l'ouverture des camps, Rudolf apprend d'Himmler qu'il a été choisi pour mener à bien « la solution définitive du problème juif en Europe » (p. 242). Le camp d'Auschwitz devient ainsi un camp de la mort dont le « rendement de pointe [devra] atteindre, en 1942, dix-mille unités par jour » (p. 287). Avec l'aide de ses sous-officiers, Rudolf résout les différents problèmes liés à la logistique des camps (douches, gazage, crémation par four et fosses, etc.). Le plan de Lang est accepté et mis en chantier : il devra être fini pour 1942.

De 1943 à 1945, il est nommé inspecteur des camps. En

mars 1945, il reçoit l'ordre d'arrêter les exécutions et de tout mettre en œuvre pour réduire la mortalité dans les camps. En avril, Rudolf fuit Berlin et trouve refuge dans une ferme. Lorsqu'il apprend le suicide d'Himmler, il se sent trahi : l'homme n'a pas été à la hauteur de ses responsabilités. En 1946, il est arrêté par des soldats alliés et mis en prison en attendant le procès de Nuremberg, où il est témoin à charge. Il est ensuite remis aux autorités polonaises pour son propre jugement. Il est condamné à être pendu à Auschwitz, sur l'un des gibets qu'il a lui-même construits.

ÉTUDE DES PERSONNAGES

RUDOLF LANG

Rudolf Lang est le narrateur du roman. C'est un jeune Allemand (il a 14 ans au début du récit) issu d'une famille de commerçants et d'officiers. Il reçoit de son père, véritable tyran, une éducation ultracatholique très stricte censée le préparer à sa future vie cléricale. Ce conditionnement jouera un rôle important dans l'élaboration de sa personnalité (sens du devoir et respect de l'autorité). Toute sa vie, Rudolf semble fasciné par les figures d'autorité qui lui rappellent son père. De son enfance, il retient également un profond dégout pour la population juive et pour le peuple français.

Dès le début du récit, une description brève mais complète éclaire le lecteur : « Rudolf ! Tu es petit, tu n'as pas beaucoup d'allure, tu ne parles pas. Mais tu es intelligent, instruit et tout ce que tu fais, tu le fais comme un bon Allemand doit le faire : À fond ! » (p. 63)

Tout au long du roman, Rudolf Lang est décrit (par lui-même ou par des tiers) comme une personne détachée, insensible, qui s'émeut difficilement du sort des autres. Si ce trait de caractère peut lui poser problème dans sa vie affective et amicale (il accorde peu d'importance à sa famille, à Elsie ou à ses amis morts au combat), il constitue un véritable atout dans sa carrière militaire, puisqu'il l'empêche d'avoir des objections de conscience et, donc, de désobéir aux ordres. Le côté déshumanisé de Rudolf est renforcé par le besoin qu'il a, lorsqu'il est angoissé, d'effectuer des actions machinales et répétitives (marcher en comptant ses pas ou cirer ses chaussures). C'est en raison de son indifférence qu'il a été choisi pour organiser la solution finale : « *Meine besondere Stärke ist die Praxis.* » (« Mon point fort, c'est la pratique », p. 231)

Rudolf apparait également comme un personnage très obéissant, soumis à l'autorité, soucieux de remplir son devoir et d'honorer son pays. Ces qualités lui valent d'être très apprécié de ses supérieurs et d'avoir leur entière confiance. Le directeur de prison, qui le félicite d'être honnête (Rudolf a refusé de mentir, alors que cela aurait pu lui garantir une réduction de peine importante), l'avertit du danger de ce trait de caractère : « Tous les hommes honnêtes sont dangereux. » (p. 185)

Après son jugement, il est condamné à être pendu à Auschwitz.

PÈRE

Le père de Rudolf, toujours appelé Père, est un marchand de tissu allemand très pieux. Pour racheter une faute adultère, il a décidé de quitter l'armée et de se consacrer à l'Église catholique. Très croyant, il impose aux siens, qui le craignent, un mode de vie rigoureux, fait de privation, de devoir et de répression. Il meurt en 1914 d'une maladie des bronches.

Même après son décès, celui-ci exerce une grande influence dans la vie de Rudolf Lang, qui le respecte autant qu'il le redoute. De sa stricte éducation catholique, le jeune homme garde une soumission sans faille à l'autorité, ainsi qu'un sens très aigu du devoir : « Car je t'ai appris – Rudolf – à faire tes devoirs – comme tu nettoies les vitres – à fond. » (p. 16) Même s'il cherche à se détacher de l'héritage paternel, comme en témoignent l'abandon des traditions catholiques et sa sortie de l'Église, Rudolf reste très imprégné du souvenir de son père :

> « Chose curieuse, c'est dans l'exemple de Père que je puisais alors la force de mater ces défaillances. Je me disais, en effet, que si Père avait trouvé le courage de faire, quotidiennement, d'incroyables sacrifices à un Dieu qui n'existait pas, moi qui croyais à un idéal visible, je devais, à plus forte raison, me donner tout entier à ma foi, sans ménager mon intérêt, ni, s'il le fallait, ma vie ». (p. 217-218)

LE COLONEL BARON VON JESERITZ

Le colonel baron von Jeseritz, propriétaire d'un haras en Poméranie, accueille Rudolf à sa sortie de prison. Décrit comme « grand et maigre », possédant un « visage tanné et plissé de rides » (p. 189), il impressionne surtout le héros à cause de ses yeux, dont l'éclat parait « insoutenable » (p. 189) ; ce regard lui rappelle d'ailleurs à plusieurs reprises celui de son père. Très autoritaire, le baron est un ardent défenseur de la cause allemande : c'est pour cette raison qu'il confie à Rudolf la gestion d'une ferme sur ses terres en Poméranie afin d'endiguer l'arrivée des Slaves dans cette région. Von Jeseritz est à l'origine de la rencontre entre Himmler et Rudolf, et a lui-même organisé le mariage de ce dernier avec Elsie.

LE *REICHSFÜHRER* HEINRICH HIMMLER

Rudolf rencontre Himmler par l'intermédiaire du baron von Jeseritz. Il ne voit d'abord que ses mains, grasses et potelées, puis entend sa voix : « [Elle] était terne et sans timbre, mais il parlait d'abondance, sans une hésitation, sans un arrêt, absolument comme s'il lisait dans un livre. » (p. 212) Le lecteur n'en sait pas davantage sur cet homme, si ce n'est qu'il est rusé.

Himmler joue un rôle important dans l'existence de Rudolf, car c'est lui qui lui confie la tâche de concevoir et de construire les camps de la mort. Lorsqu'il se suicide en 1945, Rudolf se sent profondément trahi et abandonné.

ELSIE

Elsie Brücker est la fille de Wilhelm, un fermier qui travaille pour le baron von Jeseritz. Elle a été choisie par ce dernier pour devenir l'épouse de Rudolf. Elsie admire celui-ci pour son travail à la ferme et accepte de l'épouser. Durant leur mariage, la jeune femme se montre compréhensive et aimante, volontaire, travailleuse et capable de renoncer à ses rêves personnels pour que son mari puisse poursuivre sa carrière militaire. Cependant, elle se plaint souvent à Rudolf de son manque d'intérêt et d'affection : « Quelquefois, quand tu es à table et que tu regardes le vide avec tes yeux froids, j'ai l'impression que je ne compte pas beaucoup. » (p. 211)

Elsie ne sait rien de l'opération spéciale mise en place par son époux dans les camps de concentration. Lorsqu'elle l'apprend fortuitement, elle est révoltée par les massacres et ne comprend pas comment il a pu être capable d'une telle chose. Elsie représente la part d'humanité qui manque à son conjoint.

Rudolf Lang emmène Elsie et leurs enfants à Apenrade chez l'ancienne institutrice d'Auschwitz, et, contrairement à ce qu'il pense, ceux-ci ne sont pas internés dans un camp de concentration par les Américains.

L'*OBERSTURMFÜHRER* SETZLER

Setzler, lieutenant dans l'armée SS, est l'un des bras droits de Rudolf Lang qui l'aide à trouver des solutions aux problèmes rencontrés lors de la construction du camp de la mort. Maigre et chauve, on dit de lui qu'il rougit facilement lorsqu'il est ému, qu'il est assez sensible et qu'il a une âme d'artiste (censée expliquer cette sensibilité). Au bout d'un certain temps, Setzler confie à Rudolf ne plus supporter l'odeur de chair brulée et les cris des prisonniers ; il demande alors à être muté au front. Cependant, Rudolf refuse de lui faire une lettre de recommandation. Désespéré, Setzler se suicide. À l'instar d'Elsie, le lieutenant présente un sens de l'humanité inconnu du personnage principal.

CLÉS DE LECTURE

UN ROMAN DÉSHUMANISÉ

L'absence d'émotions

La mort est mon métier traite de la problématique des camps d'une manière très froide et très clinique. Cette approche est due au choix, par l'auteur, de prendre Rudolf Lang comme narrateur. Le caractère insensible du personnage influe en effet sur la narration : peu de termes appartiennent au champ lexical des émotions, l'espace textuel consacré à des moments à priori forts de son existence (la mort de son père, sa première expérience sexuelle, son mariage) est très réduit, et l'accent est mis sur la succession des faits. Pour exemple, à la mort de son père : « Le 15 mai 1914, Père mourut, la routine de la maison resta inchangée, je continuai à me rendre à la messe tous les matins, Mère reprit le magasin et notre situation matérielle s'améliora. » (p. 52) Dans cet extrait, le narrateur insiste plus sur l'aspect pragmatique de l'évènement que sur l'émotion qu'il suscite, alors que le père était un acteur important dans la vie de Rudolf.

Présente dans le récit à divers points de vue, la déshumanisation a pour effet d'objectiver les personnages du roman, en particulier la population juive et les prisonniers. Puisque Rudolf les considère comme des objets, la narration se doit de refléter sa pensée, objective et froide : « Vous comprenez, je pensais aux Juifs en termes d'unités, jamais en termes d'êtres humains. Je me concentrais sur le côté technique de ma tâche » (p. 363) ; « Le rendement de Treblinka était de

300 unités par 24 heures, celui d'Auschwitz devait être, selon le programme, de 3 000 unités. » (p. 267)

L'absence de relations

Rudolf, sa vie durant, ne semble nouer aucune relation profonde avec ses proches. Qu'ils soient d'ordres amoureux, amicaux, fraternels ou professionnels, les liens qui l'unissent à d'autres personnes n'ont aucune influence sur les décisions qu'il prend et n'ont pas de valeur à ses yeux.

Enfant, il préfère passer ses récréations à compter ses pas plutôt que d'entrer en contact avec les autres enfants qui, pourtant, le sollicitent. Alors qu'il pratique son petit rituel, Hans Werner tente de lui parler mais Rudolf ne voit cette approche que comme un obstacle à son décompte de pas car il n'arrive plus à se concentrer.

Plus tard, avec ses collègues, il ne souhaite pas partager de relations amicales à travers lesquelles la solidarité, la confiance ou l'entraide seraient de mise. En fait, seule l'obéissance compte dans les choix qu'il fait. Par ailleurs, il n'apprécie pas le soutien de ses collègues sur le chantier lorsqu'ils simulent une panne de machine pour couvrir un de ses évanouissements. Quand son collègue lui explique la supercherie, au lieu de le remercier, il lui dit froidement : « Tu as eu tort. » (p. 153)

Cette absence d'attachement affectif se solde donc par une grande solitude qui ne semble pourtant pas être mal vécue par Rudolf. Lorsqu'un de ses collègues lui rend une visite inattendue chez lui, il justifie son étonnement en lui disant platement : « Je ne reçois jamais personne. » (p. 157) En prison, il éprouve un soulagement de pouvoir travailler seul.

Finalement, cette déshumanisation dessinée à travers le personnage de Rudolf est synthétisée dans un extrait où le personnage semble prendre des distances par rapport à son existence. Bien que ses souvenirs soient très précis, il a l'impression de n'avoir été qu'un spectateur de sa vie, que celle-ci n'a pas été réelle :

> « [S]eule mon enfance me paraissait réelle. Sur tout ce qui s'était passé ensuite, j'avais des souvenirs très précis, mais c'était plutôt le genre de souvenir qu'on garde d'un film qui vous a frappé. Je me voyais moi-même agir et parler dans ce film, mais je n'avais pas l'impression que c'était à moi que tout cela était arrivé. » (p. 361)

Cette impression d'inertie que nourrit Rudolf, mise en perspective avec les conséquences des actes qu'il a posés durant sa vie est choquante pour le lecteur. Cette distance entre ce qu'il a fait et sa déresponsabilisation rend le personnage plus inhumain encore : en plus de ne pas éprouver de regrets, il ne semble même pas avoir conscience des crimes qu'il a perpétrés.

L'OMNIPRÉSENCE DU PÈRE, FIGURE DE L'AUTORITÉ

Les rapports entre Rudolf et son père sont assez complexes, partagés entre obéissance, peur et respect. Père, qui a été la figure la plus déterminante dans l'enfance du héros, se retrouve « incarné » de diverses manières dans d'autres personnages autoritaires du roman qui vont conditionner et conduire le fil de l'existence du futur commandant d'Auschwitz.

Le *Rittmeister* Günther

Capitaine des dragons, Günther va pousser Rudolf, alors âgé de 16 ans, à s'engager dans son régiment. Il partage les mêmes convictions que Père sur le devoir d'un Allemand : faire les choses à fond. « "Tout ce que tu fais, tu le fais comme un bon Allemand doit le faire : À fond ! " Il dit cela sur le même ton que Père, et, presque, me sembla-t-il, avec la même voix », explique Rudolf (p. 64-65). La foi que Père avait en l'Église, Günther l'a en l'armée et en l'Allemagne : « *Meine Kirche heisste Deutschland.* » (« Mon église s'appelle l'Allemagne », p. 69) À priori contradictoires, ces deux croyances se rejoignent toutefois sur le terrain de la soumission totale à une autorité supérieure (la religion et le Gouvernement allemand).

Le colonel baron von Jeseritz

L'autorité et la détermination du baron rappellent ceux du père de Rudolf : à l'instar de la figure paternelle, il décide de l'avenir de Rudolf à sa place en lui ordonnant de se marier avec Elsie et d'habiter une de ses fermes. Le héros craint von Jeseritz et son regard : « Il me regarda : C'étaient [sic] les yeux de Père. Une boule se noua dans ma gorge, je ne pouvais plus parler. » (p. 205)

Heinrich Himmler

Himmler semble moins autoritaire que les personnages

précédents. Son intelligence séduit Rudolf, ainsi que la confiance qu'il lui témoigne (Himmler lui confie les camps d'extermination). À ce titre, ce dernier est sans doute l'autorité qui s'éloigne le plus de la figure paternelle ; mais c'est lui qui suscite le plus un sentiment de piété filiale. En effet, lorsque Himmler se suicide, Rudolf se sent trahi et abandonné : « Tu ne comprends donc pas ! Il s'est défilé !… Lui que je respectais comme un père. » (p. 357)

Le père, qui meurt au début du roman, reste donc très présent tout au long du récit : Rudolf est fasciné par les personnes qui présentent le même profil psychologique que lui. Seul Himmler fait exception à la règle, lui qui incarne, aux yeux de Rudolf, un vrai père plutôt qu'une figure autoritaire crainte.

L'IMPORTANCE DU DEVOIR ACCOMPLI

La notion du devoir est très présente dans le roman, surtout dans le chef des personnages militaires. Le père de Rudolf ayant beaucoup insisté sur l'obligation de remplir son devoir envers l'Église, le jeune homme fait naturellement de même lorsqu'il se met au service de l'armée SS, dont la devise est « Ton honneur […], c'est ta fidélité » (p. 224). La fidélité envers un supérieur hiérarchique sous-entend une obéissance totale : « Notre devoir, notre unique devoir était d'obéir. Et grâce à cette obéissance absolue, […] nous étions sûrs de ne plus jamais nous tromper. » (*id.*) Partant de ce principe, Rudolf obéit aveuglément à l'ordre d'extermination donné par Himmler : si celui-ci lui demande d'exécuter la population juive, c'est que cela doit être fait. Les conflits de conscience et la responsabilité du subalterne sont alors inexistants, puisque c'est celui qui commande qui endosse en théorie toute la responsabilité des actes perpétrés par ses lieutenants. L'exécutant n'a à se soucier de rien, si ce n'est d'avoir bien rempli sa mission.

La nécessité d'accomplir son devoir envers l'Allemagne régit toute l'existence de Rudolf, comme le montrent les nombreux extraits consacrés à ce sujet (p. 127, 217-218, 340-345, 362-364) : « Je n'ai pas besoin d'excuse. J'ai obéi » (p. 362) ; « Je n'ai pas à m'occuper de ce que je pense. Mon devoir est d'obéir » (p. 363). Les envies personnelles de Rudolf et de son épouse sont balayées par le devoir envers la patrie. Rudolf ne remettra jamais la notion de devoir en question, même lors de son procès à Varsovie : s'il regrette d'avoir tué de nombreux Juifs, c'est plus parce qu'il a obéi à une personne qui ne le méritait pas (Himmler) que par compassion envers ses victimes. C'est cet aspect de la personnalité de Rudolf qui semble avoir le plus marqué Robert Merle : « Tout ce que Rudolf fit, il le fit non pas par méchanceté, mais au nom de l'impératif catégorique, par fidélité au chef, par soumission à l'ordre, par respect pour l'État. Bref, en homme de devoir : et c'est en cela justement qu'il est monstrueux. » (« Préface »)

L'IMPORTANCE DES HABITUDES

La personnalité inhumaine de Rudolf, couplée à son attention toute particulière à respecter les ordres de ses supérieurs hiérarchiques, donne un aspect mécanique à la vie du personnage. Il peut être comparé à une machine qu'il suffit de programmer pour qu'elle exécute ce qu'on attend d'elle. Cette approche technique de l'existence est relayée par un thème récurrent dans le roman : l'omniprésence des habitudes et la tendance qu'a Rudolf à respecter une routine monotone et mécanique.

Cette caractéristique du personnage est surprenante car certaines de ses habitudes, paraissant pourtant anodines (compter ses pas, cirer ses chaussures), lui procurent une sensation de plaisir et d'épanouissement. Le champ lexical des émotions étant rare dans le texte, ces petites coutumes s'apparentent donc aux seules activités qui réjouissent le narrateur. Les habitudes et les tics rythment son quotidien et lui permettent de lutter contre l'angoisse et même d'éprouver du plaisir. Ces habitudes ont d'ailleurs une certaine importance narrative puisque la dernière phrase du roman leur est consacrée : « Je me levai et je me mis à marcher de long en large dans ma cellule. Je m'aperçus, au bout d'un moment, que je comptais mes pas. » (p. 370)

LA DÉMARCHE HISTORICOLITTÉRAIRE DE ROBERT MERLE

En 1972, *La mort est mon métier* est réédité, et Robert Merle y ajoute une préface. Celle-ci nous renseigne sur la démarche qu'il a poursuivie pour écrire son roman. Dans ce texte, l'auteur écrit que son livre peut être qualifié de « livre d'histoire ». En effet, il y fait certes œuvre de romancier, mais également d'historien. Il considère qu'il y a deux parties à son roman : une première qui serait « une recréation étoffée et imaginative de la vie de Rudolf Hoess » (p. 2), s'apparentant donc au roman et à la fiction, et une seconde qui retrace la construction du camp d'Auschwitz. Celle-ci se base sur des sources variées (textes officiels de Nuremberg, résumés des entretiens psychologiques de Rudolf Höss, etc.). Le travail de recherche et les nombreuses lectures entreprises par l'auteur attestent la validité historique de son roman.

Dans une interview, Robert Merle explique que son objectif, en écrivant *La mort est mon métier*, était de conserver la mémoire historique de l'holocauste pour qu'une telle horreur ne se reproduise plus. Une de ses déclarations montre que son roman a une valeur esthétique, liée à l'aspect littéraire, mais également une valeur morale, liée à ce devoir de mémoire :

> « J'ai l'impression d'avoir fait quelque chose d'utile. Si j'ai pu apporter un brin d'herbe à l'Histoire et d'avance décourager ces cruautés immondes, alors je suis vraiment content. J'ai fait quelque chose non seulement de beau, mais de bien. » (Merle P., *Robert Merle, Une vie de passions*, 2013, p. 145)

Malgré cette double démarche, le roman de l'auteur, n'a pas été bien reçu par le public lors de sa sortie. Cette réception décevante s'explique par deux facteurs. D'une part, la littérature concentrationnaire, à cette époque, dérange le monde occidental, d'autre part, le choix que fait l'écrivain en prenant le point de vue du bourreau plutôt que de la victime est controversé. Cette focalisation va donc à contrecourant de la littérature concentrationnaire de l'époque qui se compose plutôt des témoignages des victimes qui ont survécu.

C'est la lecture de l'œuvre de Gustave Gilbert, psychologue

de Rudolf Lang, qui a motivé le choix de Robert Merle. Il est fasciné par la déshumanisation et le sens du devoir de cet homme et il veut tenter de le comprendre. C'est d'ailleurs l'explication qu'en donne son fils : « Ce témoignage soulevait une interrogation lancinante chez l'écrivain : comment un individu appartenant à la société humaine peut-il parvenir à un si haut degré d'inhumanité ? » (*ibid.*, p. 140).

En outre, peu après 1945, l'holocauste devient un tabou : l'Europe veut se reconstruire et une tendance à l'oubli apparait. Pierre Merle, fils et biographe de l'auteur, insiste sur cette stratégie : « l'époque était à la censure, et l'oubli obligatoire [...] La mémoire du crime devait-elle aussi disparaitre » (*ibid.*, p. 145). *La mort est mon métier* bouleversait donc cette volonté d'oublier les horreurs commises.

Aujourd'hui, le roman est passé au rang des classiques et sa valeur autant littéraire qu'historique a été reconnue. Qualifié de roman historique, il est utilisé comme source pour appréhender et comprendre, au même titre que des témoignages comme celui de Primo Levi (écrivain italien, 1919-1987), les évènements inquiétants qui se sont déroulés pendant la Seconde Guerre mondiale. L'objectif premier de Robert Merle — faire œuvre de mémoire — a donc été atteint.

PISTES DE RÉFLEXION

QUELQUES QUESTIONS POUR APPROFONDIR SA RÉFLEXION...

- Quelles sont les habitudes qui obsèdent Rudolf quand il est enfant ? En quoi peuvent-elles préfigurer-elles son avenir de SS ?
- Dans les années soixante, Stanley Milgram (psychosociologue américain, 1933-1984) a mené une expérience visant à évaluer le degré de soumission d'un citoyen lambda à un représentant d'une autorité légitime. Expliquez quel rapprochement peut-on faire entre l'expérience de Milgram et *La mort est mon métier*.
- « Je n'ai pas besoin d'excuse. J'ai obéi. » (p. 362) Expliquez comment ces paroles de Rudolf justifient, selon lui, ses actes.
- Quelles figures du roman incarnent l'autorité du père ? Justifiez en vous appuyant sur le texte.
- *Les Bienveillantes*, de Jonathan Littell (écrivain franco-américain, né en 1967), raconte l'histoire de Maximilien Aue, un officier SS qui a participé aux massacres nazis. Comparez la manière dont les deux protagonistes agissent et pensent.
- Dans sa préface rédigée en 1972, Robert Merle décrit Rudolf Lang en ces termes : « Il y a eu sous le nazisme des centaines, des milliers de Rudolf Lang, moraux à l'intérieur de l'immoralité, consciencieux, sans conscience, petits cadres que leur sérieux et leurs "mérites" portaient aux plus hauts emplois. » Commentez.
- Comment les thèses d'Hannah Arendt (philosophe amé-

ricaine d'origine allemande, 1906-1975) sur la banalité du mal (*Eichmann à Jérusalem. Rapport sur la banalité du mal*) s'incarnent-elles dans *La mort est mon métier* ? Justifiez en vous appuyant sur le texte.

- Lorsqu'il apprend le suicide d'Himmler, Rudolf se sent trahi : « Je n'arrivais plus à parler. La douleur et la honte m'étouffaient. Ni l'exode ni la débâcle ne m'avaient produit plus d'effet. » (p. 357) Selon vous, pourquoi Rudolf réagit-il de cette manière ?
- Robert Merle fait-il un travail de mémoire dans *La mort est mon métier* ? Expliquez.
- Comment comprendre la mauvaise réception reçue par le roman lors de sa première publication ? Quels facteurs justifient ce jugement ?

POUR ALLER PLUS LOIN

ÉDITION DE RÉFÉRENCE

- MERLE R., *La mort est mon métier*, Paris, Gallimard, 1952. La préface a été rédigée en 1972 et ajoutée au texte initial.

ÉTUDES DE RÉFÉRENCE

- ARENDT H., *Eichmann à Jérusalem. Rapport sur la banalité du mal*, Paris, Gallimard, 1966.
- BADIOLA DORRONSORO M., « Parole et silence pour l'expression de l'éthique dans *La mort est mon métier* de Robert Merle », in Çédille. *Revista de Estudios Franceses*, 2015, 5, p. 43-64.
- GILBERT G., *Le journal de Nuremberg*, Paris, Flammarion, 1947.
- HÖSS R., *Le commandant d'Auschwitz parle*, Paris, La Découverte, 2005.
- MERLE P., *Robert Merle. Une vie de passions*, Paris, Éditions de Fallois, 2013.
- MILGRAM S., *Obedience to Authority. An Experimental View*, New York, Harper Perennial Classic, 1974.
- RASSON L., « De la critique littéraire considérée comme un exercice de mépris », in *Acta fabula*, vol. 14, n° 5, « L'aire du témoin », juin-juillet 2013, consulté le 4 novembre 2016, http://www.fabula.org/acta/document6275.php

ISBN version numérique : 978-2-8062-9111-0
ISBN version papier : 978-2-8062-9112-7
Dépôt légal : D/2016/12603/859

Avec la collaboration d'Alice Rasson pour les chapitres suivants : « L'absence des relations », « L'omniprésence des habitudes » et « La démarche historicolittéraire de Robert Merle ».

Conception numérique : Primento,
le partenaire numérique des éditeurs.

Ce titre a été réalisé avec le soutien de la Fédération Wallonie-Bruxelles, Service général des Lettres et du Livre.

Retrouvez notre offre complète sur lePetitLittéraire.fr

- des fiches de lectures
- des commentaires littéraires
- des questionnaires de lecture
- des résumés

ANOUILH
- Antigone

AUSTEN
- Orgueil et Préjugés

BALZAC
- Eugénie Grandet
- Le Père Goriot
- Illusions perdues

BARJAVEL
- La Nuit des temps

BEAUMARCHAIS
- Le Mariage de Figaro

BECKETT
- En attendant Godot

BRETON
- Nadja

CAMUS
- La Peste
- Les Justes
- L'Étranger

CARRÈRE
- Limonov

CÉLINE
- Voyage au bout de la nuit

CERVANTÈS
- Don Quichotte de la Manche

CHATEAUBRIAND
- Mémoires d'outre-tombe

CHODERLOS DE LACLOS
- Les Liaisons dangereuses

CHRÉTIEN DE TROYES
- Yvain ou le Chevalier au lion

CHRISTIE
- Dix Petits Nègres

CLAUDEL
- La Petite Fille de Monsieur Linh
- Le Rapport de Brodeck

COELHO
- L'Alchimiste

CONAN DOYLE
- Le Chien des Baskerville

DAI SIJIE
- Balzac et la Petite Tailleuse chinoise

DE GAULLE
- Mémoires de guerre III. Le Salut. 1944-1946

DE VIGAN
- No et moi

DICKER
- La Vérité sur l'affaire Harry Quebert

DIDEROT
- Supplément au Voyage de Bougainville

DUMAS
- Les Trois Mousquetaires

ÉNARD
- Parlez-leur de batailles, de rois et d'éléphants

FERRARI
- Le Sermon sur la chute de Rome

FLAUBERT
- Madame Bovary

FRANK
- Journal d'Anne Frank

FRED VARGAS
- Pars vite et reviens tard

GARY
- La Vie devant soi

GAUDÉ
- La Mort du roi Tsongor
- Le Soleil des Scorta

GAUTIER
- La Morte amoureuse
- Le Capitaine Fracasse

GAVALDA
- 35 kilos d'espoir

GIDE
- Les Faux-Monnayeurs

GIONO
- Le Grand Troupeau
- Le Hussard sur le toit

GIRAUDOUX
- La guerre de Troie n'aura pas lieu

GOLDING
- Sa Majesté des Mouches

GRIMBERT
- Un secret

HEMINGWAY
- Le Vieil Homme et la Mer

HESSEL
- Indignez-vous !

HOMÈRE
- L'Odyssée

HUGO
- Le Dernier Jour d'un condamné
- Les Misérables
- Notre-Dame de Paris

HUXLEY
- Le Meilleur des mondes

IONESCO
- Rhinocéros
- La Cantatrice chauve

JARY
- Ubu roi

JENNI
- L'Art français de la guerre

JOFFO
- Un sac de billes

KAFKA
- La Métamorphose

KEROUAC
- Sur la route

KESSEL
- Le Lion

LARSSON
- Millenium 1. Les hommes qui n'aimaient pas les femmes

LE CLÉZIO
- Mondo

LEVI
- Si c'est un homme

LEVY
- Et si c'était vrai...

MAALOUF
- Léon l'Africain

MALRAUX
- La Condition humaine

MARIVAUX
- La Double Inconstance
- Le Jeu de l'amour et du hasard

MARTINEZ
- Du domaine des murmures

MAUPASSANT
- Boule de suif
- Le Horla
- Une vie

MAURIAC
- Le Nœud de vipères

MAURIAC
- Le Sagouin

MÉRIMÉE
- Tamango
- Colomba

MERLE
- La mort est mon métier

MOLIÈRE
- Le Misanthrope
- L'Avare
- Le Bourgeois gentilhomme

MONTAIGNE
- Essais

MORPURGO
- Le Roi Arthur

MUSSET
- Lorenzaccio

MUSSO
- Que serais-je sans toi ?

NOTHOMB
- Stupeur et Tremblements

ORWELL
- La Ferme des animaux
- 1984

PAGNOL
- La Gloire de mon père

PANCOL
- Les Yeux jaunes des crocodiles

PASCAL
- Pensées

PENNAC
- Au bonheur des ogres

POE
- La Chute de la maison Usher

PROUST
- Du côté de chez Swann

QUENEAU
- Zazie dans le métro

QUIGNARD
- Tous les matins du monde

RABELAIS
- Gargantua

RACINE
- Andromaque
- Britannicus
- Phèdre

ROUSSEAU
- Confessions

ROSTAND
- Cyrano de Bergerac

ROWLING
- Harry Potter à l'école des sorciers

SAINT-EXUPÉRY
- Le Petit Prince
- Vol de nuit

SARTRE
- Huis clos
- La Nausée
- Les Mouches

SCHLINK
- Le Liseur

SCHMITT
- La Part de l'autre
- Oscar et la
  Dame rose

SEPULVEDA
- Le Vieux qui
  lisait des romans
  d'amour

SHAKESPEARE
- Roméo et Juliette

SIMENON
- Le Chien jaune

STEEMAN
- L'Assassin
  habite au 21

STEINBECK
- Des souris et
  des hommes

STENDHAL
- Le Rouge et
  le Noir

STEVENSON
- L'Île au trésor

SÜSKIND
- Le Parfum

TOLSTOÏ
- Anna Karénine

TOURNIER
- Vendredi ou
  la Vie sauvage

TOUSSAINT
- Fuir

UHLMAN
- L'Ami retrouvé

VERNE
- Le Tour
  du monde
  en 80 jours
- Vingt mille
  lieues sous
  les mers
- Voyage au
  centre de
  la terre

VIAN
- L'Écume des jours

VOLTAIRE
- Candide

WELLS
- La Guerre des
  mondes

YOURCENAR
- Mémoires
  d'Hadrien

ZOLA
- Au bonheur
  des dames
- L'Assommoir
- Germinal

ZWEIG
- Le Joueur
  d'échecs